Hiver nucléaire

Direction littéraire : Jean Pettigrew
Révision linguistique : Revue Solaris
Design et mise en pages : Karine Raymond
Conception et montage photo de la couverture : Karine Raymond
Illustrations : Midjourney
Photo : Magali Eysseric

ISBN EPUB : 978-2-9820729-7-8
ISBN PAPIER : 978-2-9820729-6-1

Paru précédemment sous le titre *Pendant l'hiver* dans la revue
Solaris n° 206, printemps 2018.

Dépôt légal,
Bibliothèque et Archives nationales du Québec, 2024.

Karine Raymond

Hiver nucléaire

Nouvelle

NOVEMBRE

Hana s'arrêta près des colonnes en pierre volcanique aussi imposantes qu'un triplex. Elle croisa les bras en observant la peau tachetée du cadavre qui gisait à l'entrée du tunnel creusé à même la roche jaunâtre. Ses doigts gelés contre ses flancs provoquèrent des frissons qui parcoururent son dos et sa bonne jambe. Elle hésita un moment, puis ajusta les gants de sa combinaison antiradiation. Dans la poche de pantalon du défunt, elle trouva deux billets de rationnement d'eau potable, une carte citoyenne du centre-ville de Baskat et un passeport. À l'intérieur de son manteau, une enveloppe plastifiée protégeait une photo de famille et une courte bande dessinée. Sourire triste aux lèvres, elle lut les réflexions sarcastiques d'un chat noir sous une véranda. Au bas de la dernière case, la signature en coréen précédait la date : un 9 janvier, il y a vingt-six ans. À peine quelques années après la vague massive d'émigration sud-coréenne qui avait fait naître un quartier piétonnier très en vogue à

Baskat. Là-bas, les affiches lumineuses rivalisaient avec les commerces improvisés sur les trottoirs. D'ailleurs, c'était à la sortie d'un bar à *soju*[1] qu'Osman, son père, avait rencontré sa mère.

Avant d'abandonner la dépouille, elle détacha de sa ceinture un vieux dosimètre. L'homme avait dû remonter à la surface pour chercher de l'aide, mais le champignon qui régnait dans les cavernes était insidieux. À l'apparition de rougeurs sur la peau, il était déjà trop tard. Hana inspira longuement à travers son masque protecteur et jeta un œil sur le couloir sombre qui s'enfonçait dans le rocher. L'ironie était insupportable. Les victimes avaient perdu la joute en quelques jours contre des micro-organismes alors qu'ils avaient survécu trois mois dans l'environnement hostile de l'hiver nucléaire : retombées radioactives, rayons ultraviolets nocifs, pluies acides, froid, faim, etc. Les prédictions des scientifiques concernant l'hiver nucléaire avaient été pertinentes, mais ils n'avaient pas prévu l'apparition de ces petites bêtes féroces. Ou peut-être s'étaient-elles développées avant l'explosion ? Peu importe, les gouvernements excédés par la gestion des conflits internationaux, la famine, la pénurie de pétrole et les menaces d'une pandémie ne se souciaient guère d'installer des panneaux d'avertissement à l'entrée des grottes. Hana avait donc décidé de s'en charger. Les biens des explorateurs

---

1. Alcool coréen traditionnellement fabriqué à partir de riz, il est aujourd'hui distillé avec des pommes de terre, des patates douces ou des céréales. Semblable à la vodka.

déchus constituant son salaire principal, elle savait que chaque bout de papier cloué réduisait ses chances de gagner sa croûte. Toutefois, sa quête n'en était pas une de survie, mais plutôt de recherche.

Son père avait toujours admiré les colonnes géantes. Il visitait le parc national des Cheminées de fée chaque semaine pour «réfléchir et décompresser». Ce qui signifiait se soûler depuis le décès de sa femme et la perte de son entreprise. Un matin avant le début de la guerre, il était parti vers le parc et n'était jamais revenu. Il avait quarante-cinq ans, Hana dix-huit.

Ses grands-parents maternels l'avaient invitée à les rejoindre aux États-Unis, tandis que les parents d'Osman lui avaient offert le gîte à des centaines de kilomètres au nord de la métropole. Mais s'expatrier ne l'intéressait pas. Elle aimait son coin de pays et sa ville. Heureusement, la généreuse famille de Maélie, sa meilleure amie, l'avait accueillie dans le village adjacent à Baskat. Cela faisait plus de deux ans.

Alors que la vie avait repris son cours normal, qu'elle s'était presque habituée à son statut d'orpheline, la bombe atomique avait tout anéanti, incluant sa bourse et ses projets d'études. Les heures d'angoisses passées dans l'abri antinucléaire de Maélie n'avaient qu'exacerbé sa colère contre son père. Si bien qu'à sa première expédition dans le monde d'après la catastrophe, elle avait supporté sans un mot l'attente interminable pour obtenir ses billets de rationnement, puis s'était rendu au parc des Cheminées de fée. Là, elle s'était juré de retrouver Osman, de lui crier toute sa haine au visage, puis de l'abandonner à son tour. La découverte des cadavres, mais surtout de leurs tickets de nourriture et d'eau, l'avait convaincue de poursuivre sa mission de vengeance conventionnelle, mais vitale.

De son sac elle sortit une pioche, une affiche ainsi que deux clous qu'elle enfonça à l'aide du manche en bois.

ATTENTION!
INFESTATION DE CHAMPIGNONS MORTELS

Son écriture inégale manquait de style. Tant pis. La lisibilité, c'était tout ce qui importait. En soupirant, elle rangea son butin, déplia sa carte, puis dessina un X rouge. La carte en contenait déjà une centaine, dont une douzaine de rouges. Les six X verts désignaient les endroits où elle avait rencontré des gens en santé qui habitaient là depuis plusieurs mois, les X jaunes ceux où elle n'avait vu personne.

En s'éloignant de la caverne, Hana admira le paysage lunaire de la vallée. Elle vérifia l'indicateur de qualité de ses filtres à air intégrés à son casque. Celui de gauche était rosé, mais celui de droite tirait sur le brun, donc périmé. Un retour à la ville s'imposait. Ce serait l'occasion d'échanger les petits trésors qu'elle avait rassemblés au cours des derniers jours. À travers sa combinaison, elle inspecta les boulons du genou et de la cheville de sa prothèse. Min Joo, sa mère, lui avait déniché cette jambe réglable dans un bric-à-brac qui vendait toutes sortes d'équipements usagés. Ce morceau de corps évoquait toujours des sentiments ambigus. Handicapée de naissance, elle avait souvent rêvé d'essayer une prothèse de haute technologie, mais ce bout de ferraille ne coûtait rien à entretenir et à modifier selon ses besoins. Mis à part quelques blessures causées par une bourre trop mince, elle remplissait sa tâche de façon correcte depuis dix ans.

Elle enfila son cabas sur ses épaules et se dirigea vers l'entrée du parc. Au bout de trente minutes de marche, elle parvint à la limite de la vallée des Cheminées de fée qui surplombait des champs de blé et de soya. En bordure de ces terres en dormance, des peupliers décharnés s'alignaient comme des soldats de glaise. Allaient-ils trouver la force de créer des bourgeons une fois la température revenue à la normale ? Elle réprima une montée d'angoisse, mais ne put éliminer le découragement qui la gagnait jour après jour.

Au-dessus de la plaine, la grisaille permanente du ciel servait de toile de fond à Baskat. Elle activa la deuxième visière protectrice de son casque. À travers la fine couche dorée, le décor anéanti revêtait une note de soleil. Un bruit de pas étouffé la fit sursauter. Elle dégaina son arme, puis s'adossa à une cheminée de tuf. Le craquement des branches lui indiqua l'emplacement du nouveau venu. Elle braqua son revolver dans cette direction et attendit, le cœur battant. Tout près du rocher, un museau caramel reniflait un buisson. Un jeune daim, dont les vertèbres pointaient sous son pelage clairsemé, explorait le bout des rameaux de ses lèvres gercées.

À cette période-ci, au cœur du printemps, le thermomètre affichait zéro au lieu d'un accueillant dix degrés Celsius. Dû aux grands vents, la couche opaque de poussières générées par les feux urbains et forestiers avait voyagé dans la stratosphère et s'était dispersée aux quatre coins du monde. Ainsi, les dizaines de frontières et les mers qui séparaient son patelin des nations en guerre n'avaient pas suffi à la protéger. Bien sûr, la température s'adoucissait à mesure que les particules retombaient, mais l'eau gelée et les plantes qui tardaient à renaître affamaient les êtres vivants sans discernement.

Qui avait eu la bonne idée d'amorcer ce lent suicide planétaire? Le pays ayant lancé la première bombe atomique plaidait une défaillance de ses installations et ceux qui avaient répliqué rejetaient la faute sur le voisin. C'était la même histoire qui se répétait tout le temps : les autorités niaient la distribution d'armes aux groupes terroristes ou l'apparition soudaine de véhicules blindés anonymes dans les zones de conflit. Les psychopathes étaient légion parmi les dirigeants des puissances militaires et ils représentaient la pire *défaillance* de ce monde, pensa Hana en retenant sa respiration.

Un deuxième mouvement furtif attira le regard de la jeune femme. Un autre daim ? Elle avança d'un pas vers la plaine et se figea en apercevant un loup tapi dans les herbes séchées. Une bave mousseuse dégoulinait de sa gueule et son pelage arraché en strates révélait des pustules injectées de sang. L'animal continua son chemin, concentré sur le daim. Son œil gauche était gris. Probablement aveugle. Soudain, un bruit strident semblable à un réveil-matin retentit à travers son sac.

Le loup courut dans sa direction en aboyant. Prise de panique, Hana recula en tirant, mais un caillou déstabilisa sa retraite et elle s'affala de tout son long. Atteint à l'épaule, le loup avançait encore, ses babines relevées dévoilaient des crocs énormes. Tandis que la sonnerie agressait les tympans d'Hana, la bête bondit. Sans compter, elle pressa sur la détente jusqu'à ce que la chose rachitique tombe sur le côté.

Le dos meurtri par les objets de métal entassés dans son cabas, Hana se leva doucement. Elle éteignit l'alarme du dosimètre programmé par le défunt et souffla un instant. Puis, du bout de ses doigts tremblants, elle vérifia l'étanchéité de la combinaison. Aucune déchirure. Pourquoi tant d'inquiétude ? L'habit antiradiation offrait une protection de tout au plus vingt-quatre heures, à la condition qu'il soit retiré de façon sécuritaire. À cause de la pénurie des stocks et de la priorité accordée aux soldats, les autorités n'en fournissaient qu'un par deux semaines aux civils. Elle avait porté celui-ci au moins six jours. Même si les poussières radioactives devaient être infiltrées partout, Hana ne pouvait se résoudre à quitter l'abri antiatomique sans son survêtement placébo.

De son pouce, elle enfonça le bouton qui débloquait l'articulation du genou de sa prothèse, puis elle s'accroupit à côté de l'animal inerte. Sa taille l'impressionna. Rien à voir avec le chien gris qu'elle s'était imaginé à partir des images de magazines ou des documentaires à la télévision. En posant une main sur la cuisse de la bête, elle battit des paupières pour assécher les larmes qui brouillaient ses yeux. À cet endroit, sa fourrure dense était moelleuse. Elle aurait aimé le rencontrer avant l'hiver, en pleine santé, majestueux.

—Pardonne-moi.

C'était la première fois qu'elle utilisait son revolver. Elle avait tiré un coup en l'air ici et là pour prouver à quelques bandits qu'elle n'hésiterait pas à s'en servir contre eux, mais c'était tout. Tenir une arme la répugnait et l'effrayait. Blesser quelqu'un par inadvertance était trop facile avec cet engin. La mare de sang foncé s'étalait sous la semelle de sa botte. Elle se releva.

En hochant la tête, Hana fit tourner le barillet. Une balle. La moitié de son butin disparaîtrait dans l'achat de munitions. Pour les prochains jours, elle devrait s'accommoder des rations crève-faim du gouvernement. Elle envoya un coup de pied contre la pierre, puis le cœur lourd, elle marcha jusqu'à son scooter solaire caché entre deux cheminées. La batterie pleine aux trois quarts serait suffisante pour se rendre en ville. En raison du ciel couvert, la recharge prenait deux fois plus de temps et elle devait prévoir de longues pauses à chacun de ses déplacements. Elle retira le cadenas qui reliait les deux bouts de la solide chaîne. Cette dernière entravait les trois roues ainsi que l'accès à sa batterie solaire. Hana enfourcha son véhicule, passa la guérite ouverte à tout vent et traversa la banlieue semi-déserte.

À Baskat, elle verrouilla son scooter à un lampadaire du stationnement obligatoire, puis pénétra dans un épais cube pare-balle : la douane du quartier central. En prémisse à la guerre, la montée de la violence de tous les groupes rebelles implantés autant en orient qu'en occident avait incité plusieurs métropoles à barricader leur centre-ville. Une fois ces bunkers érigés, les résidents s'étaient précipités dans les tours à l'intérieur de l'enceinte. Ne manquaient plus que le pont-levis et les archers sur les toits des gratte-ciel, pensa Hana en avançant entre les cordons de sécurité pour se mettre en file.

Au-dessus des guichets, les dernières nouvelles jouaient en boucle sur l'écran géant. Le scandale financier de Taeyang inc. avait éclaté trois jours plus tôt. La presse empilait les reportages à propos de cette entreprise qui détenait le monopole sur les denrées alimentaires : culture et exportation de fruits et légumes, grains, engrais ainsi que les produits animaux incluant leur arsenal pharmaceutique d'hormones de croissance et d'antibiotiques. De plus, les administrateurs visionnaires de Taeyang avaient instauré un réseau de serres intérieures qui suscitait la jalousie de plusieurs pays. Les médias couvraient d'éloges le fleuron de l'économie nationale qu'ils appelaient la Compagnie Soleil. Après tout, *taeyang* signifiait « soleil » en coréen.

La première ministre apparut à l'écran entourée de dizaine de micros. Le visage sévère sous les puissants projecteurs des caméras, elle annonça qu'ils recherchaient l'informateur anonyme du scandale et intima la population à communiquer tous les renseignements menant à son identification. Retrouver cette personne serait un atout majeur pour le projet phare du gouvernement : nationaliser Taeyang. Afin de garantir la souveraineté alimentaire du pays, les dirigeants avaient maintes fois tenté de placer l'entreprise sous sa tutelle, mais Taeyang avait résisté à l'assaut. Sans aucun doute, le Soleil détenait une carte clé dans son jeu, une carte qui effrayait – ou achetait ? – les ministres corrompus. Toutefois, ces derniers changeraient peut-être d'allégeance face à la productivité incertaine de la prochaine saison agricole.

Hana fourra son sac et son revolver dans le bac de plastique. Comme d'habitude, de l'autre côté du scanneur corporel, un agent étiquetterait son arme et lui remettrait un billet numéroté pour qu'elle le récupère à son départ. La jeune femme tendit son passeport à la douanière dont la combinaison boudinait l'abdomen tel un saucisson. Elle la reconnut à sa figure à demi paralysée. La joue lasse qui pesait sur sa bouche et la faisait ressembler à une moitié de clown triste lui rappelait son propre visage au lendemain de la disparition de son père.

—Hana Levi-Seo?

—Oui.

—Votre casque, madame.

Hana le releva pendant que la femme analysait sa physionomie. Le regard placide, la gardienne empoigna son radio émetteur attaché à son épaule:

—Poste quatre, Hana Levi-Seo.

Dans un temps record, deux types baraqués déboulèrent sur elle et l'obligèrent à les suivre. Elle tenta d'attraper son sac avant d'être emportée, mais le moins bâti des mastodontes l'informa que ses effets personnels lui seraient rendus après.

—Après quoi?

Silence.

Les bras pris en étau entre leurs pattes, elle fut trimbalée à travers nombre de couloirs souterrains dont elle n'avait jamais eu connaissance. Composée d'un mélange de roc et de béton coulé, la galerie était sinueuse et inégale. Le trio marcha une dizaine de minutes pendant lesquelles Hana posa autant de questions qu'il y avait d'ampoules suspendues au plafond. Elle apprit qu'ils la réquisitionnaient pour une affaire interne. Ensuite, elle se buta à leur mutisme et chaque pas fit grandir son malaise.

Arrivé à un embranchement de deux portails en fer boulonné, l'un des gardiens approcha son œil du lecteur d'iris et la porte de gauche s'ouvrit. Ils la poussèrent dans un réduit aussi lumineux qu'un après-midi d'été dont le sol composé d'un simple grillage surplombait un trou sans fin.

—C'est une chambre de décontamination. Mettez votre combinaison dans le bac de métal et le reste dans celui en plastique. Appuyez sur le bouton rouge quand vous êtes prête. Pendant le rinçage, écartez les jambes et étendez vos bras en forme de T. À la fin, vous sortez par là.

Il pointa une surface blanche striée de coulisses ocre. Cela lui rappela la vieille douche qu'ils avaient dans leur appartement quand elle était enfant. À cette époque, sa mère était vivante. Elle lui avait expliqué que l'eau coûtait trop cher pour qu'ils se nettoient de cette façon. Le grand blond aux sourcils broussailleux abandonna son regard froid une seconde avant de l'emprisonner. Hana vit l'écoutille qui servait de poignée tourner une… deux… trois fois.

Décontamination ? Vraiment ? Elle avait plutôt entendu parler d'une chambre de *contamination*. Des gens avaient cru accéder à une casemate luxueuse, mais ils avaient été aspergés d'une substance qui avait fait fondre leur peau, leurs os. Cette légende urbaine avait nourri plusieurs cauchemars pendant son adolescence. Son pouls s'accéléra tandis qu'elle martelait le portail.

—Hé ! Je n'ai rien fait de mal !

Elle attendit. Longtemps. Cogna de nouveau. Pourquoi elle ? Pourquoi aujourd'hui ? Pourquoi ? Après avoir jeté un œil aux quatre coins de son piège, elle retira ses vêtements et fixa le rond en plastique rouge lumineux qui ressemblait à un bouton d'arcade. Plus que la peur d'être brûlée vive par l'acide, elle détestait se mettre nue dans un environnement hostile. D'un coup de poing, elle activa le mécanisme. Du métal grinça au loin. Les bacs disparurent derrière un grillage automatique tandis que les premières gouttes s'écrasèrent sur son crâne. Quel pervers se terrait de l'autre côté ? Les bras en croix, elle leva les yeux au moment où la douche désinfectante la mitrailla de partout. Sans pitié, les jets puissants attaquèrent ses côtes et ses cuisses. Fondait-elle ? Non… La chaleur devait provenir du pincement de l'eau contre sa peau. Le déluge s'arrêta brusquement et, tels des moteurs d'avion, de grands ventilateurs s'activèrent. Elle remarqua le compteur au-dessus de la porte blanche. Son corps sécha en trente secondes. De ce traitement-choc ne restait que des relents chimiques de détergent.

La surface lisse et sans poignée s'entrebâilla. Hana avança dans ce qui ressemblait fort à une cabine d'essayage. À la hâte, elle se revêtit de la tunique et du pantalon de coton brut suspendus sur un cintre de bois. Lorsqu'elle écarta le rideau noir, une voix féminine sortant d'un haut-parleur l'accueillit :

—*Annyeonghaseyo.*

—*Annyeong.*

Par réflexe, Hana avait répondu un *bonjour* coréen informel. Adolescente, sa mère avait été membre d'un groupe d'activistes qui, en signe de rébellion, avait supprimé les marques de déférences de leur langue.

Min Joo n'avait donc jamais enseigné à sa fille les suffixes de politesse comme le -*yo* que l'inconnue avait utilisé à la fin de sa phrase. Ces détails, Hana les avait appris longtemps après son décès.

—Refermez derrière vous.

Elle hasarda un premier pied dans la petite pièce aux murs de miroirs et à l'éclairage tamisé, puis obéit. Le mécanisme automatique qui lui avait ouvert l'accès quelques minutes plus tôt s'activa pour verrouiller la serrure. De ce côté, la porte était en bois ouvragé munie d'une poignée dorée et une chaise recouverte d'un velours incarnadin élimé trônait au centre de la pièce. De sa main libre, la jeune femme frotta l'arrière de sa tête en songeant qu'elle devrait raser son crâne à nouveau. Les cheveux longs emprisonnaient l'humidité dans son casque et provoquaient des démangeaisons.

Tout à coup, une lumière aveuglante transforma le salon en salle d'interrogatoire. Hana fixa son reflet verdâtre : une morte vivante en attente du jugement dernier. Avec un air de défi, elle releva le menton. Ce n'était pas une juge, mais une lâche qui l'épiait dans le confort de l'anonymat.

—Qui êtes-vous ? lança-t-elle dans le vide.

En guise de réponse, le mur de miroir glissa vers la droite et une femme asiatique dans la soixantaine vint à sa rencontre. Elle lui souhaita la bienvenue et l'invita à enfiler une paire de chaussons de soie brodés bien alignés à l'orée du couloir. Durant leur court trajet dans un corridor industriel, Hana détailla la posture élégante de la femme, puis son pantalon et son chemisier confectionnés sur mesure. Elles entrèrent dans un boudoir orné d'un tapis affichant des scènes de vie paysanne. D'un hochement de tête, elle fut priée de s'asseoir sur les coussins pourpres disposés autour d'une table basse de bois sombre. Incapable d'adopter la position en tailleur avec son attirail de métal, elle étendit sa fausse jambe en diagonal. La chaleur ambiante et les gestes affables de son hôte l'apaisèrent un peu.

— On m'a dit que votre mère était Coréenne.

— On m'a dit de ne pas parler aux étrangères.

Avec un sourire retenu, la femme souleva le couvre-plat en argent poli au centre de la table, puis se présenta enfin : Yoon So Yi. Un nom traditionnel dans lequel les deux dernières syllabes formaient le prénom. Obnubilée par la splendeur des fruits frais qui garnissaient le plateau, Hana redoubla d'efforts pour écouter le curriculum de la femme.

Madame Yoon était l'héritière et la présidente de la compagnie Taeyang inc. Elle avait chapeauté les scientifiques, agriculteurs, permaculteurs et survivalistes ingénieux qui avaient développé une culture productive avec un minimum de soleil et d'énergie.

— Alors mes parents ont travaillé pour vous ?

— Oui. D'ailleurs, madame Seo Min Joo avait du talent. Dommage qu'elle soit décédée si jeune.

Bien sûr. Dans ses souvenirs rose bonbon de fillette, sa mère n'avait que ça, du talent. De la douceur et un sourire rayonnant aussi.

En contraste avec l'affliction peinte sur son visage, les yeux café de madame Yoon demeuraient froids. Elle piqua un raisin avec une petite fourchette à deux branches et le lui tendit. Hana ferma les paupières en mordant dans la chair tendre. La saveur n'égalait pas les fruits cueillis avant l'hiver nucléaire, mais le mélange sucré-acide qui éclatait sur sa langue surpassait de loin les morceaux décolorés et englués de sirop qui baignaient dans les vieilles conserves distribuées par le gouvernement.

—Le bruit court que vous cartographiez les grottes infestées de la vallée des Cheminées.

Hana acquiesça en s'efforçant de mâcher tranquillement.

—J'aimerais voir le résultat de vos recherches.

—Vos gardiens m'ont empêché de prendre mes affaires à la douane.

Madame Yoon fit un geste discret et des pas résonnèrent dans le couloir. Un grand homme aux traits méditerranéens apparut. Il déposa le sac et l'arme d'Hana aux côtés de la présidente avant de tourner les talons et de disparaître par où il était venu.

Madame Yoon tendit ses effets à Hana, qui s'empressa de vérifier le chargeur du revolver.

—Il me restait une balle. Où est-elle?

Son hôte demeura silencieuse, mais son regard fixé sur le sac fit comprendre à Hana ce qu'elle attendait. Elle fouilla dans la poche, puis déplia la carte tout en replaçant sa jambe afin de trouver une posture acceptable. Sans succès.

20

Madame Yoon ne prit guère de temps à interpréter les informations que recelait le document. Elle reporta son attention sur Hana avant d'annoncer :

— Je peux vous fournir toutes les munitions dont vous aurez besoin pour votre travail. Et je vous donnerai aussi des affiches d'avertissement officielles.

— Pourquoi ?

— Les cavernes m'intéressent pour mon prochain projet agricole. Suivez-moi, je vais vous montrer les serres.

Délaissant le plateau de victuailles à regret, Hana fut entraînée dans un large corridor blanc au sol de béton taché. Terre et huile. De l'autre côté d'un portique traversé d'un filet noir, l'odeur de l'humus, le doux piaillement des moineaux et les papillons crème lui rappelèrent une visite scolaire aux dômes de l'Écoparc.

La lumière naturelle filtrait au travers des plaques de verre givrées du plafond et des tubes DEL prenaient le relais afin d'apporter la dose optimale aux tomates, poivrons et plantes de tous genres. Entre deux plants de concombre, une caille bien joufflue picorait à la recherche d'insectes et les abeilles s'affairaient dans les fleurs des poiriers asiatiques nains qui bordaient les rangs. Chacune de ces futures poires représente une fortune, pensa Hana en suivant madame Yoon vers le deuxième entrepôt-serre.

— Si vous travaillez avec nous, vous pourrez bénéficier de notre assurance maladie, fit-elle en relevant un index vers la jambe artificielle d'Hana. C'était un modèle avant-gardiste... il y a quinze ans.

—J'en suis ravie. S'il était avant-gardiste à l'époque, il est actuel aujourd'hui.

Hana revit les crocs du loup borgne. Sa gorge se noua. Cet incident lui avait coûté cinq balles et elle aurait pu se blesser. Avec une prothèse neuve, reculer aurait été facile, sécuritaire. Elle mordilla l'intérieur de sa joue. Quelque chose clochait. Non, *toute* la mise en scène clochait : les brutes de la douane, la douche désinfectante, le «bonjour» coréen, les potagers idylliques... S'arrêtant net devant la porte de la seconde serre, elle déclara :

—Ça suffit. Rendez-moi mes vêtements.

: :

Trois jours plus tard, Hana marchait au beau milieu du parc des Cheminées de fée avec un garde de madame Yoon sur les talons. Ni chauve, ni tatoué, ni barbu, c'était un homme ordinaire dans la fin trentaine avec des muscles compacts sur une charpente souple. Un agriculteur «reconditionné», avait-il dit à Hana à l'occasion de leur première rencontre. Silencieuse, limite renfrognée, elle se demandait encore comment elle avait pu accepter ce contrat. Non, ce n'était pas la promesse d'une prothèse neuve qui l'avait convaincue, plutôt les quelques zéros bien tassés les uns contre les autres à côté de la mention «honoraire» et... la visite des serres. Comment refuser l'abondance ? La famille de Maélie croulait sous les dettes et Hana en avait marre des boîtes de conserve et des poches de riz infestés de charançons. Marre de rêver à une laitue craquante ou à une pomme ferme et juteuse.

Hana pinça les lèvres en passant son index sur le logo de Taeyang imprimé sur sa nouvelle combinaison. Pire : le même logo, cinq fois plus grand, couvrait son dos et un article avait paru dans le journal de Baskat : « La fondation Taeyang met sur pied une équipe professionnelle afin d'identifier les grottes contaminées. » À sa place, sa mère aurait exigé un supplément pour l'ajout « panneau publicitaire ambulant » à son contrat. Dorénavant, la compagnie qui refusait la nationalisation paierait la jeune femme pour explorer la vallée des cheminées. Est-ce qu'Hana manquait d'éthique ? Sûrement. Mais les affiches d'avertissement au design soigné de madame Yoon sauveraient plus de vie que ses gribouillis. Et elle n'aurait plus besoin de fouiller les poches des cadavres.

Pendant qu'elle consultait sa carte, le craquement d'une brindille attira l'attention de son accompagnateur, qui scruta l'horizon, carabine à l'épaule.

—Probablement une souris, dit-elle après un instant. Ou des oiseaux. J'en vois souvent dans le secteur.

—Peut-être…

—L'autre jour, j'ai même rencontré un loup.

Jugeant que tout était sécuritaire, l'homme rabaissa son arme et soupira.

—As-tu lu l'article dans le journal sur l'équipe de pros de la fondation?

Elle acquiesça en soupirant à son tour.

—Tu en as pensé quoi? demanda-t-elle.

—Rien. Sinon que ça ne concorde pas vraiment avec ce dont on jase dans les couloirs. À ce qui paraîtrait, Taeyang avait des serres secrètes dans les colonnes, dit-il en pointant les cheminées. Ils auraient cultivé de la drogue, des plantes pour créer un tissu spécial, des champignons mortels et j'en passe.

—Tout est possible.

—Quand même, s'ils ont produit eux-mêmes les foutus champignons, ils savent exactement où ils sont. Alors, qu'est-ce qu'on fait ici?

Hana hocha la tête pour seule réponse. Si madame Yoon connaissait l'emplacement des cavernes, leur expédition servait peut-être de publicité afin de redorer l'image de l'entreprise. Ses épaules s'affaissèrent sous le poids de la honte, mais elle avait signé. Juste en dessous des zéros. Il était trop tard.

D'un pas résigné, Hana se remit en marche quand un étrange bruit de bottes raclant le sable derrière elle l'amena à se tourner de nouveau vers son collègue. Il était étendu au sol, un inconnu vêtu d'une combinaison kaki lui enserrait le cou. Une décharge d'adrénaline embrasa son sternum tandis qu'elle dégainait son revolver à une vitesse folle, armant le chien du même geste avant d'appuyer sur la détente. L'assaillant s'effondra à côté de son collègue pendant que la détonation semblait résonner sans fin entre les colonnes. La jeune femme se précipita vers son partenaire. Une seringue enfoncée sous son menton, il paraissait inconscient, mais respirait doucement. Elle se tourna vers l'agresseur pour relever la visière réfléchissante qui lui couvrait le visage. Le souffle coupé, elle dévisagea la figure crispée de douleur. Son père.

—C'est moi, Hana, murmura-t-il, c'est moi.

Elle avait retrouvé Osman. Enfin. Une tache couleur vin entravait sa joue et il avait nettement maigri, mais… était-il tombé sur la tête ou complètement ivre pour attaquer deux personnes armées ? Elle fut submergée par une vague d'émotions qu'elle endigua juste avant que ses yeux ne s'emplissent de larmes.

—Imbécile ! cria-t-elle.

La balle avait pénétré à gauche sous la cage thoracique. Derrière le flanc du blessé, le sang se répandait sur le tuf, telle une fuite d'huile sur le bitume chaud. Quels organes étaient atteints ? Reins, estomac, foie ? Elle n'en avait aucune idée.

—C'est OK, souffla-t-il.

—C'est pas OK du tout !

La bouche sèche et les nerfs à vif, elle lança un regard furtif en direction du garde.

—C'est un narcotique, précisa son père en se relevant sur un coude, il ne se réveillera pas avant des heures. Est-ce qu'ils t'ont donné une montre, un dosimètre, un téléphone ?

—Une montre à dosimètre intégré.

—C'est un GPS, jette-le.

Il suait à grosses gouttes tandis que les vieilles rancunes d'Hana comprimaient ses poumons.

—L'alcool t'a brûlé les neurones? Taeyang est une entreprise *agricole*, pas la Gestapo!

De son gant taché de sang, il agrippa le poignet d'Hana et tira de toutes ses forces sur le bracelet.

—Ça va! Ça va! Je l'enlève.

Elle balança la montre au loin avant d'aider son père à se relever. Un bras autour des épaules de sa fille, Osman tituba sur une trentaine de mètres avant de reprendre un peu d'aplomb. Après avoir posé un bout de tissu sur sa blessure pour contenir l'écoulement du sang, il avait entraîné Hana vers un trio de cheminées. En regardant derrière elle, Hana vit les empreintes qu'ils laissaient. Ils ne seraient pas difficiles à retracer quand son garde se réveillerait.

Aux abords du trio de colonnes, ils se faufilèrent à l'ombre d'un arbuste épineux, puis, à quatre pattes, son père pénétra en grognant dans un tunnel dissimulé derrière un tas de roches. Un vertige la surprit. Elle posa une main contre la paroi, tirant l'air à travers son masque comme si elle respirait dans une paille. Son malaise atténué, elle s'engagea derrière Osman, qui avait allumé une chandelle pour chasser l'obscurité. Le couloir, dont les pentes descendantes étaient tantôt douces, tantôt abruptes, devint bientôt assez haut pour qu'ils puissent se remettre debout. Quelques mètres plus loin, le tunnel s'élargit en une grotte aux parois arrondies. À gauche, les réserves de son père s'étalaient sur le sol : des conserves, un sac de riz, des bouteilles d'eau et un pot de chambre. Sur la droite, à l'aide de branches et de broche à poule, il avait construit un enclos assez grand pour contenir paillasse, couverture et coussin.

Osman s'appuya sur le grillage pour ouvrir le semblant de porte.

—J'aime pas dormir avec les rats, dit-il en jetant le couvre-lit par terre.

Il retira son casque, elle fit de même, grimaça en l'aidant à s'allonger. L'odeur de cette tanière était insupportable. Elle souleva la compresse pour voir ce qu'il en était de la blessure, et la remit aussitôt en place.

—Il faut aller à l'hôpital.

—Non. Écoute, Hana…

Des coups rythmés contre la paroi résonnèrent dans l'air de la grotte. Alarmée, Hana voulut dégainer son arme, mais Osman retint son geste.

—C'est le signal de Kémi. Un ami.

—Papi, es-tu là ? J'ai apporté les boîtes de soupe aux lentilles que tu m'as demandées.

—Entre. Ma fille est avec moi.

Les mâchoires serrées, Hana regarda l'imposante silhouette, casque sous le bras, s'avancer dans la lumière chancelante. D'abord, elle ne vit que le blanc de ses yeux. Puis les larges dents d'un sourire illuminèrent un visage d'ébène.

— Content de te rencontrer ! lança l'intrus avant de froncer les sourcils devant la scène improbable qui s'offrait à lui. Qu'est-ce qui s'est passé ?

— Ça va, on a eu un petit accident, répondit Osman.

Kémi se délesta de son sac à dos en jurant. Alors qu'il soulevait à son tour la compresse, il hocha la tête.

— C'est pas beau, Papi. Pas beau du tout. Je vais aller chercher notre soigneur.

— Non, Kémi, il est trop tard.

La voix d'Osman devenait de plus en plus rauque.

— Comment c'est arrivé ?

— Tu sais pourquoi j'ai remis une partie de mes documents sur les finances de Taeyang à la presse, Kémi. Alors quand j'ai vu Hana porter une combinaison de Taeyang… J'ai été stupide de croire que Yoon laisserait ma fille tranquille.

Quoi ! Son père l'avait reconnue ?

D'un geste lent, Osman fit signe à Hana de s'approcher. Elle plia sa fausse jambe manuellement pour s'installer au sol. En plus de son attitude irréfléchie, il s'appropriait le scandale de Taeyang ? Un vrai délire. Et d'où sortait ce Kémi qui l'appelait Papi ?

Tandis que le blessé refermait ses doigts faibles sur sa main, elle prit conscience qu'elle tremblait. La poigne de son père se ramollit. Il émit un long râlement.

— J'ai fait de mon mieux, mais… Kémi, tu vas lui raconter. OK ?

—OK.

Osman regarda une dernière fois sa fille avant d'abaisser ses paupières, puis il dit :

—Courage, ma grande. Courage.

Reproches, honte et phrases réconfortantes se livraient bataille dans l'esprit d'Hana quand le dernier souffle quitta le torse de son père.

: :

La flamme vacillait. Avec délicatesse, Kémi retira ses gants, puis ceux d'Osman. Il caressa la paume du défunt. Une larme roula sur la joue du jeune homme et se logea à la commissure de ses lèvres.

Hana déposa elle aussi ses gants au sol pour prendre à son tour les mains de son père dans les siennes. Sa peau mince, si douce, exacerba ses souvenirs.

Son père l'avait appelé « ma grande ». Comme avant. Jamais de « trésor », « ma chérie » ou encore « mon cœur ». Ma grande. C'est tout ce qu'il avait su inventer en dix-huit ans de vie commune. Et c'étaient les deux mots qui lui avaient le plus manqué depuis sa disparition.

Mais le décor misérable qui l'entourait la ramena vite à l'instant présent et à l'attaque perpétrée par son père.

—J'ai bien peur qu'il n'était devenu sénile, murmura-t-elle en ramenant la couverture sur le corps inanimé.

—Alcoolique et malheureux, oui. Sénile, non.

—Pourquoi alors attaquer à main nue deux personnes armées ?

—Papi a dit qu'il t'avait reconnue. Je suppose qu'il voulait te mettre en garde contre la présidente de Taeyang, ou te protéger de ses agissements…

La jeune femme se releva. Elle aurait aimé retourner à la seconde précédant son tir, retrouver son existence étouffante où haïr Osman était sa seule raison de survivre.

—Papi m'a raconté que c'était toi qui clouais des avertissements à l'entrée des cavernes, reprit Kémi.

Elle opina de la tête.

—Alors tu connais les champignons.

—Et après ?

Tout en parlant, le jeune homme s'était lentement déplacé et Hana constata qu'il lui bloquait le passage.

—Savais-tu que ta mère travaillait dans une filiale de Taeyang pendant sa grossesse ?

Impatiente, Hana haussa les épaules. Évidemment qu'elle le savait. Min Joo était agronome. À part Taeyang, qui aurait pu l'embaucher à Baskat ? Où voulait-il en venir ? À quoi bon ressasser le passé quand l'avenir s'effondrait ?

—Elle était assignée aux serres dans les sous-sols des Cheminées de fée, dans une section protégée du parc. Comme tous les autres employés, elle croyait qu'elle cultivait une plante révolutionnaire pour l'industrie textile. En fait, c'était la phase expérimentale d'une arme biologique : un champignon invisible implanté à la base des feuilles.

Quelle histoire insensée son père avait-il contée à Kémi ? Puis une image de sa mère émergea dans son esprit : la table de la cuisine éclairée par une faible lampe en plein milieu de la nuit, Min Joo penchée au-dessus d'une tonne de papier… Hana l'avait questionnée. « C'est compliqué, avait-elle répondu entre deux quintes de toux. Quand je comprendrai moi-même, je vais te l'expliquer, promis. »

Pour dissimuler le tremblement qui gagnait sa jambe, elle s'adossa au mur. Le jeune homme raconta que le micro-organisme aurait dû être toxique seulement lors de l'ingestion de la plante porteuse. Cependant, les chercheurs avaient constaté l'apparition de diverses maladies chez les employés. Taeyang avait abandonné le projet après avoir brûlé les plantations ainsi que le matériel. Mais l'équipe d'extermi-nateurs avait bâclé son travail et les micro-organismes avaient muté vers une forme plus agressive.

Quatre ans après son accouchement, Min Joo avait remarqué que la majorité des enfants de ses col-lègues étaient handicapés. L'air contrit, Kémi baissa la tête vers la prothèse d'Hana. Sa malformation, la faute de Taeyang et de madame Yoon ? À travers son esprit embrumé, elle multiplia les efforts pour écouter la suite.

Quand les travailleuses avaient découvert la vérité sur les champignons, elles avaient voulu intenter un procès à la compagnie. Mais armé de menaces et de pots de vin, Taeyang les avait muselées. Sauf sa mère, qui n'avait jamais plié à leur chantage. Mais sa santé fragile et la longue exposition aux spores avaient endommagé ses voies respiratoires ; le cancer du poumon l'avait emportée trop rapidement. À la mort de Min Joo, Osman avait repris le combat de sa femme. Résultat : il avait perdu son commerce et sa réputation. Madame Yoon avait saccagé sa vie, il en était convaincu. Impuissant, il n'avait eu d'autres choix que de travailler chez Taeyang, la dernière entreprise qui acceptait de l'employer désormais.

— Comme tu le sais, c'est à cette époque qu'il a commencé à boire.

Hana réfléchit aux rumeurs qui circulaient à propos de Taeyang. Vérités ou mensonges ? La voix de Kémi interrompit ses pensées. Selon lui, Osman avait demandé à la famille de Maélie de veiller sur Hana avant de s'éclipser. Il croyait que c'était la seule façon de briser l'emprise de madame Yoon et d'épargner sa fille unique. Lors de sa fuite, il avait rencontré un groupe de jeunes hors-la-loi qui créchait dans les cheminées : la bande de Kémi.

— C'est… c'était le plus vieux, chez nous. On l'appelait Papi…

D'autres larmes dévalèrent les joues de Kémi. Il les essuya du revers de la main.

— Le combat de ta mère l'obsédait. Il voulait attaquer la compagnie sous un autre angle, c'est pourquoi il s'est intéressé de près aux finances de Taeyang. On a tous participé à ses recherches, mais depuis un an, des plaies et des taches sont apparues sur son corps, et son ventre brûlait chaque fois qu'il mangeait. Quand il est devenu sourd de l'oreille droite, il a décidé de contacter la presse même si les recherches n'étaient pas terminées et pour nous protéger, il s'est retiré ici.

— N'importe quoi! Laisse-moi passer, je retourne en ville.

— C'est ça! Va te mettre à genou devant Yoon! cracha-t-il en libérant l'accès au tunnel. Mais pourquoi crois-tu qu'elle s'est intéressée à toi quelques jours seulement après avoir pris connaissance, comme tout le monde à Baskat, des rumeurs qui commençaient à courir sur le compte de Taeyang?

Les yeux baissés vers le logo qui ornait le devant de sa combinaison, Hana ralentit sa progression vers la sortie, puis s'arrêta. Dans sa tête, ses pensées s'étaient emballées de nouveau: oui, pourquoi payer une jeune femme afin de cartographier des grottes déjà connues par Taeyang, pourquoi lui octroyer un collaborateur armé? Et soudain la réponse surgit, claire et nette: pour débusquer celui par qui venait le scandale, pour assassiner celui qui pouvait causer un tort considérable à la compagnie.

Accablée, Hana aurait voulu hurler, pleurer, marteler le mur de pierre jusqu'à ce que la douleur physique occupe toute la place. Mais après un moment qui lui parut durer une éternité, elle se tourna en direction de Kémi et dit simplement :

—Si madame Yoon déclare sa mort à la police, je vais être accusée de meurtre.

Le jeune homme la dévisagea, l'air incrédule.

—Mais non. Au contraire, elle te fichera la paix puisque la menace sera écartée définitivement.

—Non. Madame Yoon ne sera satisfaite qu'après m'avoir éliminée, car elle ne pourra s'enlever de l'esprit que, peut-être, mon père m'a transmis les informations qu'il détenait. Et elle profitera du fait que c'est mon arme qui a causé la mort d'Osman, pas celle du garde.

Kémi jura en apprenant la nouvelle. D'un coup sec, il tira sur le rabat d'une pochette de son sac et, pince à la main, il se pencha au-dessus d'Osman pour l'enfoncer sans ménagement dans la plaie. Prise de nausée, Hana ferma les yeux. Lorsque le projectile fut enveloppé dans un linge, il nettoya ses doigts avec l'eau d'une bouteille.

—On va le laisser ici et bloquer l'entrée avec des pierres. Nous aurons le temps de te forger une nouvelle identité avant que ton partenaire ne s'éveille et que lui et les sbires de la Taeyang ne le retrouvent.

À cause d'une minuscule erreur : son index trop prompt à appuyer sur la détente, la vie d'Hana avait basculé, une fois de plus. À ses pieds, l'image du loup se superposa à celle d'Osman. Comme une colle épaisse, une mare de sang imaginaire enrobait ses semelles. Kémi joignit soudain les mains devant lui et entonna une douce mélodie dans sa langue natale. Comme sous l'effet d'une réplique sismique, Hana sentit tout son corps vibrer pendant que son cœur lacéré battait, battait.

Quand son compagnon se tut, ils entendirent des jappements étouffés.

— Des loups ? murmura Hana.

Kémi secoua la tête.

— Des chiens sauvages… ou des chiens pisteurs, dit-il en ramassant ses gants, son casque, son sac et le chandelier. Je gagerais que ton accompagnateur était épié électroniquement par les sbires de Yoon. Probable qu'ils ont envoyé une équipe en renfort dès qu'ils ont compris qu'il avait été agressé.

Il fit un geste de la tête en direction de l'autre extrémité du tunnel.

— Il faut partir tout de suite.

De sa main libre, Kémi enveloppa le poing crispé de la jeune femme. Sa paume était chaude.

— Papi avait choisi cette grotte en raison des deux autres sorties accessibles de ce côté.

En silence, Hana le suivit en se demandant si elle pouvait lui faire confiance. Mais en avait-elle le choix ? Jusqu'ici, elle avait accompli son plan initial : retrouver, insulter puis abandonner son père. Mais après avoir appris pourquoi Osman avait agi ainsi, pouvait-elle vraiment continuer à lui en vouloir ? Elle déplia son poing, puis serra les doigts de Kémi entre les siens. Un voile d'irréalité dansa avec les ombres sur les parois de roches.

À PROPOS DE L'AUTRICE

Nichée sur une montagne des Pays-d'en-Haut, Karine Raymond écrit des romans et des nouvelles entre deux contrats de graphisme.

Pendant qu'elle travaille, elle espère que sa chienne Nabi et la marmotte lui céderont une part de récolte du potager.

⊕ karineraymond.com
✉ info@karineraymond.com
ⓕ karine.raymond.auteure
⊙ karine_raymond_auteure

DE LA MÊME AUTRICE

Romans

Limonade et kimchi, Éditions Druide, 2021.

Rannaï – Tome 2, Éditions Druide, 2016.

Rannaï – Tome 1, Éditions Druide, 2014.

 Finaliste : Prix Cécile-Gagnon 2015.

 Finaliste : Prix jeunesse des univers parallèles 2016.

Nouvelles

Percer les ténèbres, recueil de nouvelles, 2024.

Pendant l'hiver, Solaris n° 206, 2018 (collectif), réédition sous
le titre *Hiver nucléaire* : EPUB et papier 2024.

Les Mémoires de sainte Marcelle, Solaris n° 181, 2012 (collectif),
réédition : EPUB 2022, papier 2024.

La Malédiction d'Iris, Brins d'éternité n° 45, 2016 (collectif),
réédition : EPUB et papier 2023.

Toi et moi à San Diego, édition EPUB 2022, papier 2023.

La peur des chats, Brins d'éternité n° 53, 2019 (collectif).

Nouvelle en anglais

Apex Generation, A Short Story, 2025.

Poésie

Ancrage, Le passeur n° 49, 2023 (collectif).

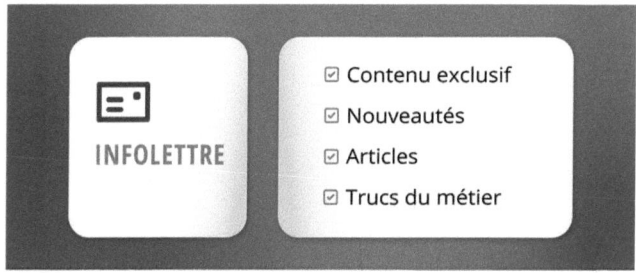

Recevez du contenu exclusif en vous abonnant à mon infolettre : karineraymond.com/infolettre.

AVEZ-VOUS AIMÉ CE LIVRE ?

Les commentaires aident réellement les auteurs à faire connaître leurs œuvres. Si vous avez aimé ce livre, n'hésitez pas à écrire une critique sur votre plateforme favorite, ce serait grandement apprécié !

SÉRIE *RANNAÏ*

Paru en 2014, le premier tome de Rannaï *a été finaliste au Prix Cécile-Gagnon 2015 et au Prix jeunesse des univers parallèles 2016.*

À l'annonce de la fermeture du dôme au-dessus de la ville de Rannaï, Issarie invite sa sœur à fuir avec Amdo vers les communautés de la Terre. Mais à l'heure du départ, une mystérieuse mendiante vient bouleverser le plan des trois compagnons tandis que le secret d'Amdo met en péril leur projet.

RANNAÏ – TOME 1

EXTRAIT

Blottie par terre dans un coin sombre de son appartement, Issarie attendait que ses pensées redeviennent cohérentes. À peine quelques jours plus tôt, la possibilité de quitter la ville lui paraissait ridicule, mais maintenant que la date fatidique de la fermeture du toit approchait, elle n'était plus sûre de rien. Issarie tentait de dompter sa tempête intérieure en contrôlant sa respiration, mais rien à faire, un étau serrait de plus en plus sa poitrine.

L'unique pièce qui composait son appartement était un endroit déprimant. Ancienne résidence universitaire, le bâtiment avait été transformé en habitations à loyer modique avec toilettes payantes à chaque étage. Issarie s'estimait chanceuse d'y habiter seule, contrairement à ses voisins qui étaient parfois quatre à s'entasser dans ces logements.

Issarie se remémora la maison si spacieuse dans laquelle elle avait vécu les premières années de sa vie et où elle se promettait de retourner coûte que coûte. La clé de cette maison était accrochée à côté du comptoir de cuisine sur un vieux clou rouillé. « Est-ce le temps d'y retourner ? » se demanda-t-elle. Espérant une réponse providentielle, elle jeta un regard à sa fenêtre à demi ouverte et sentit l'odeur poussiéreuse de la ville. En s'assoyant à cet endroit précis de la pièce, elle apercevait un bout de ciel perdu au milieu des grandes tours grises. Elle sentit son cœur s'emballer, petit moteur indépendant qui lui annonçait une montée d'angoisse.

Issarie fit glisser son sac vers elle et fouilla énergiquement pour trouver ses médicaments. Sentant qu'elle n'échapperait pas à cette crise de claustrophobie, elle prit un cachet et l'avala sans eau. Elle reposa sa tête contre le mur et contempla le ciel cisaillé par la structure qui soutenait le dôme. Une larme se logea dans son oreille. Ce dôme qui se refermait sur la ville plusieurs fois par année était devenu comme un vêtement chaud inconfortable : il l'étouffait autant qu'il la protégeait. Ambivalente quant à l'utilité de cette protection, Issarie fixa longuement la clé de la maison familiale. « Faut-il que j'abandonne le dernier rêve qui me tient en vie ? »

Une pensée se fraya vers sa sœur Anya. Celle-ci avait hérité du visage rongé par la tristesse de leur mère. Pouvait-elle l'abandonner maintenant, alors qu'elles s'étaient appuyées l'une sur l'autre depuis tant d'années ? Autant sa sœur lui donnait une certaine assurance, autant elle se sentait opprimée par tout ce qu'elle représentait. Anya serait-elle prête à quitter la ville et tous ses avantages : un emploi, un toit, une protection contre la pollution et les rayons du soleil ? Leur ville, leur Rannaï dans laquelle elles avaient fondé tant d'espoir. Tant d'espoirs déçus...

Leur avenir se résumait à peu de choses. Anya avait poursuivi des études universitaires. Archiviste, elle travaillait au catalogage des données de la colonie lunaire à l'Agence spatiale. Elle touchait un bon salaire et occupait un studio, toilette incluse. Pour l'instant, Issarie n'avait que ses études collégiales générales et un salaire de caissière qui suffisait à peine à couvrir ses dépenses sans cesse plus importantes : l'eau, l'électricité, la nourriture... Issarie repoussait toujours la discussion, mais tôt ou tard elle devrait demander la permission à Anya d'emménager chez elle. Les deux sœurs n'étaient pas dupes, ce n'était qu'une question de temps.

Issarie se sentait si minuscule devant les gigantesques décisions qui s'imposaient à elle. Avait-elle réellement l'audace de faire ce choix entre la triste sécurité d'une cage et la liberté de l'inconnu ? Avait-elle la force de réaliser son rêve ?

Les genoux serrés contre sa poitrine, elle ferma les yeux, espérant se désintégrer sur-le-champ en un tas de poussière. En fronçant les sourcils, elle ouvrit les paupières. Elle était toujours là : Issarie Jalmat, 10 septembre 2130. 7304, rue de l'Université, chambre 721, Rannaï.

Issarie observa son canapé-lit défait, ses murs bleu gris troués et la petite table encombrée de ses cahiers d'études et de vaisselle sale. « Non, je n'ai pas la force qu'il faut… Mais je n'ai plus le courage de subir ce quotidien. » Elle se leva péniblement et respira à fond. Le miroir jauni sur le mur devant elle lui renvoya le visage d'une jeune femme qu'elle ne connaissait pas.

Il y avait peut-être une lumière au-delà de ces murs de béton… et elle irait la saisir.

: :

La série *Rannaï* est offerte dans toutes les librairies en format papier et numérique.